LOUIS HERBETTE

L'ENTRÉE
DES
PRUSSIENS DANS PARIS
(Mars 1871)

Notes et impressions d'un témoin

(*Extrait de la* Nouvelle Revue)

PARIS
AUX BUREAUX DE LA *Nouvelle Revue*. 28. RUE DE RICHELIEU

1898

L'ENTRÉE DES PRUSSIENS DANS PARIS

LOUIS HERBETTE

L'ENTRÉE

DES

PRUSSIENS DANS PARIS

(Mars 1871)

Notes et impressions d'un témoin

(Extrait de la Nouvelle Revue*)*

PARIS

AUX BUREAUX DE LA *Nouvelle Revue*, 28, RUE DE RICHELIEU

1898

L'ENTRÉE DES PRUSSIENS DANS PARIS

(Mars 1871)

Notes et impressions d'un témoin

Ils vont entrer dans Paris.

— Dans Paris? Est-ce bien le mot? Ils occuperont les Champs-Elysées, la place de la Concorde et n'iront pas sur la rive gauche de la Seine.

— Une armée? Non: un corps d'armée. — Et combien de temps? — Ils devront sortir lorsque les préliminaires de leur paix seront ratifiés par l'Assemblée nationale. — Alors si l'Assemblée se presse... — Apparemment. C'est une prime à la vitesse parlementaire et à la soumission. Ils auront ou l'avantage immédiat du traité, ou la satisfaction de fouler un morceau de Paris; profit ou honneur. Sans doute, on fera vite, si l'on ne peut rien faire d'autre.

Ah! ces conditions, ces garanties de la paix! Car il paraît que plus les conditions sont intolérables, plus la paix est garantie. Perdues, l'Alsace et la Lorraine. Perdues Strasbourg, la pauvre bombardée, et Metz même, Metz l'obstinée française, Metz prise de quelle façon! Et cette rançon, ce bloc de millions et de milliards! Et les stipulations pour le commerce! Ne faudrait-il pas travailler avec amour les uns pour les autres après s'être saignés?

Ces conditions, la France peut-elle ne pas les subir? Qu'en savons-nous ici? Ils prétendent le savoir, ceux qui viennent d'être élus pour prononcer sur le sort de la Nation. Séquestré depuis cinq mois bientôt, que peut Paris sur la Province? Ayant succombé à la faim, que peut-il contre l'ennemi ? Jusqu'au bout, il a vaillamment tenu. Sous une heureuse direction militaire, qui sait ce qu'on aurait pu tirer de lui et du reste ? Il s'est improvisé soldat. Il n'était pas général.

A cette population accablée par les catastrophes, mêlée de gens inoffensifs, de vieillards, de femmes et d'enfants, pourquoi faire subir la plus inutile des lois de la guerre, par l'humiliation d'une entrée triomphale et par je ne sais quelle mise sous le joug ? Pourquoi ouvrir de force à l'ennemi une ville qu'il n'a pas prise de force ?

Et à quoi bon ? A-t-on l'idée, l'espoir de quelque imprudence que la douleur ferait commettre dans une foule immense, impressionnable et surexcitée ? Désire-t-on prétexte à des mesures extrêmes, à l'effusion du sang, à quelque occupation prolongée, à quelques projets d'écrasement plus complet ? Guette-t-on des dissensions civiles, qui rendraient odieux l'infortuné gouvernement obligé d'imposer aux patriotes les volontés du vainqueur et peut-être d'accepter son aide ?

Aux yeux des Nations étrangères qui ont assisté à ce long et odieux duel entre un combattant armé de pied en cap et un blessé muni d'un tronçon d'épée, ambitionnerait-on de discréditer le plus faible jusque dans son malheur, en lui arrachant l'estime et la sympathie, ses seules consolations ? Faire l'histoire à sa façon, changer le caractère des évènements, mettre la France hors du droit des gens, quelle opération ce serait pour couronner les autres ! Nous décomposer vivants après nous avoir ruinés et mutilés, quel résultat de haute politique !

Quels hommes peut coudoyer le prussien dans nos rues ? Ces gardes nationaux qui se sont entraînés au combat, qui se sont enfiévrés de la vie à la fois claustrale et excitante du siège, exaspérés par les plus violents et les plus légitimes sentiments de patriotisme, tenus si longtemps l'arme au bras et le fusil chargé dans ce cercle de fer et de feu que formaient les lignes ennemies. Et voilà que les auteurs de ces souffrances viendront, comme par bravade, traîner leurs sabres, promener leurs. mitrailleuses, arborer leurs drapeaux, planter leurs lances, faire retentir leurs chants de triomphe jusqu'au seuil de nos maisons. Qu'un seul de nos désespérés s'affole ; que peut-il advenir ?

Et ces femmes, ces enfants, devant lesquels cette troupe va

parader, ne sont-ils pas tremblants encore des émotions les plus poignantes ? Beaucoup sont en deuil des leurs, et tous en deuil de la Patrie. Trouve-t-on qu'il n'y ait pas assez d'innocents parmi les victimes de la guerre ? Les angoisses ressenties pour les pères, les maris et les frères qui allaient au feu, l'horreur de ce bombardement jusque dans les rues et dans les maisons particulières, la disette et le dénûment, les maladies et les blessures, est-ce en quelques jours qu'on prétend tout effacer ? Les femmes et les enfants ! Les obus prussiens n'en ont-ils pas tué jusqu'aux portes des magasins où ils venaient chercher la misérable pitance du ménage, jusque dans leurs chambrettes et dans leurs lits ? Est-ce leur admiration qu'on vient chercher en étalant sa prestance et ses uniformes ?

A défaut de calcul et de profit avouables, est-ce donc pour l'honneur qu'on veut entrer dans Paris ? L'honneur alors est aux forces, aux *facteurs* qui ont abattu la France et fait succomber Paris. Qu'on fasse donc défiler, en tête de colonnes, l'effigie de Bazaine qui a livré Metz et notre dernière armée. Qu'on promène une statue de la trahison et l'image de la faim, puisque c'est elle qui a fini par mettre les Parisiens à la raison. Qu'on ajoute, par amour de l'art, quelque groupe symbolisant la force qui couronne l'Empire d'Allemagne, ou la violence primant le droit, le repos fondé sur la destruction ou la paix appuyée sur la haine.

Serait-ce qu'on se souvient trop de l'entrée des français à Berlin, en 1806 ? A-t-on retrouvé au Musée de Versailles un tableau représentant l'affluence, l'admiration, l'attitude plus que conciliante de la population de là-bas devant les vainqueurs d'alors et leur chef ? Veut-on y opposer un nouveau sujet de tableau ? Gare alors qu'il soit trop dissemblable.

Français et françaises sont des êtres bizarres, dont la psychologie échappe peut-être aux savants d'Outre-Rhin. La force ne suffit pas à les frapper d'amour. Elle ne les met ni en soumission, ni en extase. Leur idéalisme ne s'assouvit pas par jouissances matérielles. Les grands coups même ne les calment pas, et l'injustice les révolte d'autant plus qu'elle est plus forte. Même quand ils ne peuvent éclater, la pression accroît chez eux la résistance.

Les françaises, admirer des hommes qui ont les mains salies par l'incendie ou rouges du sang de nos frères, pleines de nos dépouilles et vides de générosité ? Même les filles perdues en auraient honte. Compter sur l'admiration de ces enfants de Paris

de ces éternels indépendants, de ces gamins qui vont au danger
en chantant, qui rient en face de la mort et qu'il fallait tout
récemment empêcher de courir aux obus lancés dans Paris pour
amasser plus vite les morceaux? Qui pourrait avoir semblable
illusion ?

L'entrée dans Paris restera-t-elle donc une simple satisfaction
platonique ; une ode à Némésis, en souvenir de 1806 ; une édition
perfectionnée de cette entrée solennelle de 1814, dont les circonstances étaient quelque peu différentes, il faut l'avouer? Vengeance
positive, historique et scientifique, analogue à celle qui a puni
Louis XIV des ravages du Palatinat en bombardant la rive gauche
de la Seine en 1871. Et quel procédé pour donner la paix à l'Europe! Némésis réveillée est-elle facile à rendormir? Croit-on avoir
domestiqué la force? N'est-ce pas un fauve qui finit invariable-
ment par manger son maître?

Libre aux vainqueurs de chercher en cet abus de violence un
surcroît de gloire et le comble de l'art. Leur esthétique, évidemment, se distingue de la nôtre. Un fait insurmontable, un cata-
clysme nous accable. Nous pouvons être écrasés. Humiliés? Non
pas.

Observons donc et avisons. Qui connaît bien les causes peut
retourner les effets. Puisqu'ils s'offrent une victoire sans bataille
sur des gens désarmés, c'est donc une victoire à remporter dans le
domaine de l'imagination, une satisfaction sentimentale, intellec-
tuelle et morale. En ce domaine, nous gardons nos armes. Que
leur victoire tourne en échec.

Le gouvernement, qui ne peut rien ici que par l'assentiment du
public, a fait appel à la patriotique sagesse des habitants de Paris.
Malgré les frémissements de colère et de désespoir, on a compris.
La presse traduit également le sentiment public.

Voir Paris malgré lui? Il restera insaisissable. — Pénétrer en
lui? Il échappera au contact. Il laissera derrière lui le silence et
le vide. Et quelle protestation serait plus éloquente? Ce ne sera
pas jour de deuil seulement, ce sera jour d'inexistence, jour de
mort. La visite ne sera pas funèbre pour Paris, qui redeviendra
plus que jamais animé le lendemain ; mais pour eux, qui ne l'auront vu que désert et glacé. Tout fermé dans les voies toutes
ouvertes. Ils n'auront pas tenu Paris vivant. Le morceau qu'ils
en auront durant quelques heures, sera inerte, paralysé, lugubre.

Et puisqu'ils se font une joie de parader sur notre place de la
Concorde, qu'ils ne s'y trouvent entourés que de ces statues des
grandes villes de France, — y compris toujours et invinciblement,
Strasbourg, — spectres de pierres impassibles, qui les regarderont
passer comme elles ont vu passer déjà tant de calamités, de puissances et d'évènements qui devaient durer. Les regarder ? pas
même. Car on les a voilées de noir, et il semble ainsi qu'elles
disent :

« Vous êtes la force ; vous êtes un fait. Les faits passent : la
force tourne. Sous mon voile, vous ne me voyez pas ; mais au-
dessus et au-delà de vous, je regarde dans l'avenir, qui fait justice
à tous. Et l'avenir n'appartiendra pas toujours à la laide fatalité
du talion, mais aux nobles lois de solidarité et d'humanité, que la
France a servies plus que vous.

« Vous auriez pu être grands en arrêtant la guerre après Sedan,
puisque vous aviez déclaré la faire à Napoléon III non à la Nation
française. Vous risquez de rester petits dans votre puissance
même, en abusant de la fortune contre un peuple qui a tant fait
pour la civilisation, dont vous n'avez pas su conquérir l'amitié et
dont vous ne supprimerez ni l'impérissable vitalité ni la véritable
grandeur ! »

1er mars.

Forcé de passer près des Champs-Élysées et de la place de la
Concorde, je vais machinalement, absorbé dans des pensées dou-
loureuses, et de loin j'aperçois les monuments, les arbres, comme
en rêve et dans un brouillard.

Le débouché des voies d'accès est barré, mais le passage n'est
pas interdit. Au seuil de la place, je suis saisi d'une sorte
d'angoisse. La pauvre promenade parisienne est vide de parisiens.
Les allemands sont donc là. Terre prussienne, les Champs-Élysées.

On s'arrête, on recule, on regarde et l'on voudrait ne pas voir.
Les yeux cherchent où s'attacher sans souffrir. Par une sorte de
mouvement involontaire, ils vont tous au même point et s'y fixent.
Au coin extrême de la place, près de la rue de Rivoli, apparaît la
statue de Strasbourg couverte de drapeaux, chargée d'emblèmes,
la tête voilée de noir.

A elle seule, elle fait face à l'ennemi. Seule ? Non : les autres
statues des grandes villes de France gardent, également voilées,
ce vaste espace où nous ne voulons voir qu'elles. Leurs traits ont été

masqués par des mains pieuses. De leur masse imposante, elles dominent ceux qui passent et ce qui se passe à leurs pieds.

Devant ce spectacle si simple et si grand, tout le reste s'efface. On est oppressé. La gorge se serre. Les larmes viennent. L'émotion est telle que nombre de gens se détournent et s'éloignent. Pudeur de la douleur. On ne veut pas pleurer. *Ils* sont là.

Tel est le premier choc de la réalité, que surmonte la pensée suprême de Paris et de la France. Quelques bannières aux trois couleurs, quelques lambeaux d'étoffe noire, et voilà la foi patriotique qui s'affirme plus que jamais en face de la violence triomphante. Au fait s'oppose l'idée, qui proteste contre la politique de fer et de sang. Ou plutôt, à cette théorie « la force prime le droit », s'oppose ce fait : « l'idée échappe à la force. »

Comment supprimer cette statue rebelle qui semble, à elle seule, encombrer la place ? Resterait d'ailleurs l'espace vide ; le patriotisme ne s'y planterait que mieux encore, et du coup, la statue ne s'élèverait-elle pas plus puissamment dans toutes les imaginations de France et d'ailleurs ?

Des groupes de citoyens avaient songé à l'enlever, pour signifier à l'ennemi que l'Alsace lui échapperait, tout enchaînée qu'elle soit à l'empire allemand. Mais comment déplacer un tel bloc en une nuit, et comment le soustraire sans risquer de le briser ?

Prenons donc la réalité ; Strasbourg est aux mains des Prussiens. Ils le tiennent et ils ne le posséderont pas. Qu'ils entourent ici des couleurs et des uniformes allemands cette pierre captive et ses drapeaux tricolores. L'œuvre restera-t-elle moins française ? Insaisissable, donc invincible est l'amour de la patrie. « L'âme de Strasbourg comme celle de Metz est à la France ; et puisque l'Alsace-Lorraine nous est prise, la France tout entière se donne aux Alsaciens-Lorrains.

Voilà des faits ; et puisque l'ennemi prétend travailler pour l'histoire, notons les scènes de sa journée historique. Ils les veut inoubliables. Nous aussi, et bien plus encore.

Dans les grands évènements publics, il semble que chacun ait besoin de sentir et de manifester par autrui, en même temps que par soi-même. Nul n'a pleinement conscience de ses propres émotions que par le spectacle de celles des autres. Paris, sans doute, ne veut se montrer, ne veut exister aujourd'hui que dans les quartiers non occupés par l'ennemi. Mais là, comment les parisiens se défendraient-ils de sortir *pour voir,* c'est-à-dire pour se regarder les uns les autres ?

Quel est donc l'aspect de cette ville, de cet être immense, impressionnable, dont rien ni personne ne saurait dominer les sentiments ? Quelle est, comme on dit, sa physionomie ?

Eh bien ! même chez lui, il semble que Paris veuille suspendre sa vie en s'absorbant tout entier dans une préoccupation unique : le deuil national.

En pleine journée, à une heure de l'après-midi, toutes les boutiques sont fermées, même celles des cafés et celles des pharmaciens. Parfois la porte seule est ouverte, la devanture restant close.

Fermés les cafés, dans ce moment de surexcitation où l'on aurait tant à se dire ? Vraiment oui, trop à se dire, et mieux vaut se taire. Se concerter, à quoi bon ? Ne sait-on pas tous ce que chacun doit faire ?

L'être collectif qui s'est formé plus manifestement que jamais entre concitoyens dans la passion patriotique et dans le régime du siège, se révèle à lui même par les impressions identiques de l'heure présente. Il se sent souffrir et penser. Il est animé du même souffle ; il a une âme.

Chercher un mot d'ordre ? chacun l'a trouvé d'instinct. L'inspiration est une.

Les passants constatent donc comme tout naturel, — (ils s'y attendaient), — un spectacle qu'en d'autres temps on jugerait étrange et qui paraîtrait tel ce jour même à des gens d'un autre pays, d'un autre être : le spectacle de ces boulevards, de ces rues, de ces places où tout est clos comme durant la nuit, — en plein soleil et par un temps charmant. Sommes-nous dans une ville pestiférée ?

Quelques marchands de vin se sont obstinés à tenir boutique ouverte, non sans quelque hésitation et sans quelque inquiétude peut-être. Le public peut si aisément mal prendre les intentions les plus déférentes !

Offrir aux patriotes impatients d'échanger les nouvelles et de se communiquer leurs résolutions le moyen de le faire en fraternisant, le verre à la main, — quoi de plus simple ? Les cabarets sont bien achalandés aux alentours des cimetières. Ne faut-il pas réagir contre l'abattement ? Le cabaret n'est-il pas un club de rencontre ? Durant ce siège où l'on n'avait guère à manger mais où l'on ne manquait pas de quoi boire, où l'on ne travaillait guère le jour mais où l'on ne dormait pas toujours la nuit, on a pu s'habituer davantage, en certains quartiers surtout, à entrer au cabaret et à y accepter sinon des consolations du moins des forces factices.

On se raconte, il est vrai, qu'un café des Champs-Elysées étant resté ouvert a été très vite, mais largement saccagé par des français qui ne se souciaient pas d'y consommer, non plus que d'y laisser fournir des consommations aux prussiens pour fêter leur propre gloire. C'était un café, objet de luxe. Le cabaret est la buvette du pauvre et quelquefois son fumoir ou son salon. Enfin le coupable se trouvait et l'exécution s'est faite dans les lignes prussiennes. Ailleurs, les français sont chez eux, et c'est à la santé de la France qu'ils peuvent choquer les verres sans coudoyer l'ennemi.

D'une manière générale, le rôle, l'honneur même d'un commerçant consiste à bien faire ses affaires en servant le public. Chômer est une perte sérieuse. Comment les boutiquiers, même doués de scrupules, ne seraient-ils pas portés à se dire : « Si d'autres ouvrent, je serai dupe. Si les autres ferment et que le public ait besoin de moi, je perds à gagner. Ne suffit-il pas, pour l'effet de protestation, qu'il y ait un certain nombre d'abstenants ? Moi, je me tiens au service du public. Entrera qui voudra ; je ne force personne. » —

Eh bien ! Malgré ces tentantes considérations, tous les commerces chôment, même ceux qui consistent en soins pour les malades. Chez les quelques marchands de vin qui laissent magasins et comptoirs en exercice, on voit peu de clients. Et peut-être ceux-là causent-ils du devoir de montrer de la grandeur d'âme, ainsi que de la nécessité pour tous de sacrifier leurs satisfactions et leurs intérêts individuels à la Patrie.

La consigne que se sont si honorablement imposée les commerçants avait été proposée dans quelques journaux, et des affiches invitent tous les citoyens à une attitude à la fois triste et fière.

Un placard de couleur voyante recommande en quelques lignes le calme et le silence, la fermeture des théâtres, des cafés et de tous lieux de distraction, la grève de tous les négoces autres que ceux dont ne peuvent se passer l'alimentation et la vie quotidienne des habitants.

Une autre affiche portant l'en-tête « République française », et signée : « quelques amis de..... », — déclare que la paix n'est qu'une trêve, mais qu'il faut choisir l'heure de la revanche, qui est actuellement impossible, la lutte n'offrant guère de chances de succès. D'où l'exhortation à rester calmes et dignes, à ne pas donner à l'ennemi, qui nous tient, l'occasion cherchée peut-être, ou du moins froidement envisagée et attendue de nous accabler plus encore avec une apparence de légalité. Il faut savoir souffrir, c'est le gage du salut et le signe de la vraie force.

Les passants lisent ces proclamations anonymes avec attention, échangent leurs réflexions, soupirent ou hochent tristement la tête, et passent.

Le palais de la Bourse est vide. Les soldats du poste sont assis sur les marches et sous le péristyle.

Du monde dans les rues ; mais toujours pas de boutiques ouvertes. A peine en est-il qui entrebaillent quelque volet ; un œil à demi-clos.

En approchant du Palais-Royal, plus de monde encore, et rue de Rivoli en voici beaucoup. Des personnes isolées et des groupes se dirigent vers la place de la Concorde. Ils veulent voir ces Prussiens. Aller parmi eux ? Non pas, mais s'assurer qu'ils restent dans leurs limites, constater quel air ils ont, quelle attitude ils prennent.

On entend des habitants, causant sur le pas de leurs portes, déclarer que mieux eût valu la solitude et le silence absolu autour de l'ennemi. « Mais, répondent d'autres, comment empêcher les gens de sortir ? On est si impressionné ! on a besoin de se remuer. Pas de travail, pas d'affaires, encore moins de plaisir aujourd'hui, n'est-ce pas ? Alors on va devant soi. On va vers les grandes avenues, vers les Champs-Elysées, où se porte la foule aux jours de repos et de beau temps. Et puis, enfin, il faut l'avouer, *cela vous attire* ici aujourd'hui, malgré tout ; on est tourmenté, on est navré. Mais beaucoup y viennent comme à leur corps défendant. »

En tout cas, il y a sensiblement moins de monde que le dimanche, et beaucoup moins du monde ordinaire des promeneurs et des gens endimanchés. Les personnes qui passent sont de toutes situations et de divers quartiers.

Bon nombre de commerçants sortis avec leurs femmes après avoir fermé la boutique, ce qui pour eux peut être si rare. Ils vont vers cette place où doit être enfermé l'ennemi et où il leur semblera lui dire, en faisant haie et barrière à la frontière : « Paris est où nous sommes, non où tu es. Il te regarde en face, tête haute, et tu ne lui fais pas peur. » Sentiment puéril ? Qui oserait le dire ? La véritable occupation de Paris eût été celle des quartiers animés, de ce dédale de rues, de cette ruche de travailleurs que les bombardeurs n'ont contemplée que des hauteurs de St-Cloud ou de Meudon.

Quantité d'ouvriers en blouse. Ceux-là veulent, à n'en pas douter, surveiller comment les choses se passeront et juger si les Prussiens n'excèdent en rien les conditions déjà si cruelles qu'on a dû leur consentir. Quel orgueil blessé, quelle colère sourde, quel défi se sent dans leur attitude ! Pour cette visite aux avant-postes, je ne gagerais pas que beaucoup ne se sont pas munis d'armes cachées. Ces hommes excités longtemps à la bataille, en possession de leurs fusils et mis dans l'impossibilité de se battre, ces tempéraments violents et ces esprits simplistes, qui ne parviennent à s'expliquer tant de maux que par la trahison ou l'incapacité des chefs, — quelles rancunes et quelles passions, quels accès de désespoir couvent en eux ? Et que ne peut-il en advenir ?

Ajoutez un contingent de bourgeois qui désirent connaître nos adversaires et qui prétendent juger du regard ce qu'est la soi-disant supériorité allemande. N'est-ce pas naturel et est-ce inutile pour eux ? Combien de vérités se sentent mieux d'un coup d'œil que par audition de longs discours ?

Et tout afflue vers la place de la Concorde.

Des patrouilles de gendarmes à cheval et de chasseurs d'Afrique, par pelotons de 20 à 25 hommes, suivent la rue de Rivoli, la place St-Germain-l'Auxerrois, les quais des Tuileries et du Louvre, le quai d'Orsay. Ils ont le sabre au poing, ce qui étonne un peu la foule.

Le Carrousel et le Louvre sont fermés, les grilles closes. La circulation des piétons et des voitures est ainsi coupée, et la foule se demande avec une vague inquiétude pourquoi. Craint-on que des gardes nationaux occupent le Palais et y prennent position comme hier à l'Elysée, d'où il a fallu les faire sortir, sans trop de peine heureusement ?

Quelle angoisse, s'il eût fallu recourir à la force !

Pourtant il importe que les clauses des conventions soient exactement exécutées. C'est notre garantie même à l'égard des Prussiens ; c'est le moyen de préserver Paris et la France des dernières catastrophes qu'affecterait de déplorer cette Europe où nous avons trouvé tant de clients pour tirer profit de nous dans notre prospérité et pas un ami pour nous secourir au danger.

Dans la journée, en route sur la rive gauche de la Seine, du *Journal Officiel* au Ministère des Affaires étrangères.

Quai d'Orsay, en approchant du pont de la Concorde, des groupes assez nombreux qui contemplent l'autre rive. On y aperçoit une barricade à l'angle de la terrasse des Tuileries, les curieux qui s'arrètent ou qui passent outre, et des soldats allemands sans armes.

Les bras ballants, ces soldats considèrent auprès d'eux les passants ; ils regardent au loin les monuments et ce Paris où ils ne pourront pénétrer. Faute de mieux, ils traversent la Seine du regard et observent tout ce qui se trouve de l'autre côté de l'eau.

Le long de la rivière, derrière le Palais de l'Industrie, d'autres fantassins allemands se promènent par groupes ou stationnent le long des quais, leurs ceinturons blancs formant une ligne suivie au-dessus du parapet. D'un bord à l'autre on se vise, on se fusille des yeux ; les allemands, avec l'apparence placide.

En face du Palais-Bourbon, la tête du pont est gardée par la garde nationale et la gendarmerie. Le passage n'est permis que de la rive droite à la rive gauche. Fusils en faisceaux.

A l'autre bout du pont, à l'entrée de la place, une barricade de fourgons. Derrière se pressent les soldats ennemis, regardant et attendant. La vie des militaires ne consiste-t-elle pas à attendre ? La vie des autres hommes aussi, d'ailleurs ; mais ils s'en aperçoivent moins, quand ils ont la prétention d'agir par eux-mêmes.

Dans les groupes français, nombre de soldats. On parle peu. On examine et l'on réfléchit. Plus de recueillement que d'abattement. Pas de haine appréciable contre les individus d'en face. Une sorte de colère impersonnelle et de mélancolie douloureuse.

Après Napoléon III comme après Napoléon Iᵉʳ, voilà donc les prussiens qui font boire leurs chevaux dans la Seine, en face des Invalides. La Seine est pour nous le Rhin, et le quai d'Orsay fait frontière !

Voilà la destinée des pouvoirs absolus et la fatalité des régimes militaires. Conquêtes, invasions; flux et reflux de la force. Va et vient d'une pendule qui de chute en chute cherche perpétuellement son équilibre, qui marque l'heure de chacun et ne s'arrête jamais pour personne.

Vers cinq heures, il faut aller au Ministère de l'Intérieur. Du quai Voltaire, c'est par le pont Royal qu'il faut passer.

En face de ce pont, sur le quai des Tuileries une ligne de sentinelles françaises. Elles font rebrousser chemin à toutes personnes en uniforme militaire, gradées ou non ; on refuse même celles qui ne portent que le képi ou un pantalon à bandes rouges. Les civils ont seuls libre circulation le long de ce quai. Pourquoi ? Que peut-il se passer derrière la terrasse des Tuileries ? Car dessus, on ne découvre rien d'anormai.

Serait-ce, comme quelques-uns le chuchottent, qu'on laisserait pénétrer l'ennemi dans le jardin. En armes ou sans armes, les prussiens venant tâter le palais des Rois et Empereurs ! Est-ce pour préparer leur retour ? Gare à l'émotion publique, si la bravade apparait. Faudra-t-il des trains de plaisir et des visites d'agrément pour les touristes à casques et à mitrailleuses ?

Au coin de la place de la Concorde, nouvelle barricade, et encore des factionnaires français. Je passe, et en tournant je heurte un homme; je lève les yeux : c'est un allemand en faction, un bavarois, longue capote grise, casque noir avec cimier. Le premier ennemi que je touche de la main. Il déambule de long en large, son fusil sur l'épaule, impassible, indifférent, inerte dans son mouvement même.

Au premier choc du regard, choc subit et inattendu, pourquoi surgit-il une image répondant si peu aux prétentions de ces vainqueurs qui se proclament de race supérieure et de haute culture; l'image du barbare des temps anciens accommodés à l'époque moderne, du germain devenu fusilier au lieu d'être gladiateur, reitre ou lansquenet ? Cette impression, loin d'être fugitive, se fait obstinée, obsédante; elle grandit à mesure que ces hommes se présentent isolés ou en troupe. Il semble qu'on les ait déjà vus et qu'on les reconnaisse à travers les siècles.

Un poste auprès de la fontaine monumentale. Sacs et manteaux sont à terre. Les hommes debout, accroupis ou assis fument, causent ou regardent à l'entour. Autre poste, également de bavarois, à l'autre fontaine. Campement de mêmes troupes à l'entrée des Champs-Elysées, sur la droite. Les soldats sont debout, ou assis sur les bancs de la promenade, ou étendus sur les plates-bandes des jardins, ou couchés sur des bottes de paille. Plus loin on en aperçoit installés sur les pelouses.

A gauche, à l'entrée de l'avenue, artillerie, canons et mitrailleuses, qu'inspectent les passants français. A peu de distance, des deux côtés de l'avenue, des piquets de cavalerie : uhlans ; longue capote, coiffure à la polonaise avec plumet de crin blanc retombant presque sur la visière. Les lances à banderolles bleues et blanches et à hampes garnies de bandes de fer, sont plantées dans les tas de sable. Les chevaux, attachés en travers de l'avenue, sont entourés de cordes qui forment enceinte. Les cavaliers se tiennent prêts à monter en selle. Ils fument leurs pipes ou des cigares, sans faire grande attention aux passants.

Sur la place de la Concorde, des officiers à pied et à cheval, vêtus de divers costumes et quelques-uns suivis de plantons ou d'escouades. Des soldats amenés sans doute en escouades errent de-ci et de-là, les yeux pris par tout ce spectacle.

Les officiers se promènent, laissant traîner et battre leurs fourreaux de sabre sur l'asphalte ou sur le pavé. Beaucoup sont de beaux hommes, bien taillés et bien musclés. Leurs uniformes, simples de façon et peu éclatants de couleur, bleus, verts ou gris, sont bien ajustés, ils dessinent des membres vigoureux, des épaules hautes et larges, trop larges même. La tête sur les épaules ressemble parfois trop à une boule vissée sur un madrier. Les poitrines bombent et les reins se cambrent avec une puissance qui rappelle un peu trop les corsets de femmes et leurs garnitures plus ou moins naturelles.

Est-ce l'esthétique spéciale de l'uniforme qui produit ces carrures, ces formes humaines quelque peu artificielles dans leur brutalité ? Le rembourrage ne serait-il pas de mode pour uniformiser mieux les gens et faire de tous un même type, le même officier prussien ?

On ne reprochera pas à ces Messieurs, en tout cas, de manquer de tenue. Ils se tiennent droits, raides et sont comme empesés. De la suffisance, certes oui ; de l'insolence, pas aujourd'hui, et pas trop d'affectation. On sent qu'ils se surveillent. Ils ne se soucient pas de se rendre ridicules, devant ces parisiens surtout.

En somme, ils font l'effet d'aristocrates encore plus que de poseurs, et ce ne sont pas des soudards, à coup sûr. Il y a de belles têtes ; mais d'une beauté qui semble aisément monotone et fade à des français. Des barbes blondes superbes et bien soignées, mais toutes plantées et cultivées de même. De l'aspect d'ensemble se dégage un air de famille et l'idée peut-être exagérée d'une même race par reproduction voulue du même type.

Ce type, qui veut manifestement représenter la force, est-il agréable, sympathique, attrayant ? Répond-il à la conception française de la vraie beauté virile ? Eh bien ! le plus souvent, non. Mais comment traduire l'impression générale ?

Il manque à ces corps la spontanéité libre de mouvements, l'aisance, la souplesse, la vivacité, la variété d'allure. Il manque à ces physionomies une partie de ce qui marque le jaillissement de l'intelligence, la promptitude d'expression, la hardiesse d'intuition, l'inspiration originale, la générosité de caractère, l'affectivité vibrante, le feu de la passion. Ces figures ne sauraient pas rire sans se déparer pour la plupart. Elles ne rayonnent pas.

Ces gens là, se dit-on, sont bien décidément de leur climat. Que leur resterait-il en propre sous un ciel plus lumineux et plus chaud que le leur ? C'est de forte matière d'hommes : « *Germania officina gentium,* » écrivait Tacite. Cette matière a été solidement organisée contre nous. — *Erudimini.*

Impression plus hasardée peut-être : A ces beaux hommes, instruits, habilement formés, très fiers d'eux mêmes, semble insuffisamment départi ce qui ne s'acquiert pas, même par le travail, l'*individualité.* Il est vrai qu'étant plus frappé des traits d'une autre race que de la sienne, on découvre plus d'analogies et moins de différences entre les divers membres de cette race. Mais il ne s'agit pas de se prononcer dans un concours d'espèce humaine, et comment formerait-on le jury ?

Sans prétendre juger et jauger leurs adversaires, qui cependant depuis leurs premiers succès ont lancé tant d'outrecuidantes sottises sur nous et tant d'aphorismes extraordinaires sur la primauté universelle de la race germanique, — les parisiens, qui ont vu en tout temps chez eux beaucoup de monde — du monde entier, s'efforcent d'observer avec quelque justesse ; et ils ne sont pas longs, comme on pense, à noter entre eux leurs observations.

Ces observations sont calmes, mais si elles ne sont pas assez louangeuses, la faute n'en est-elle pas à leurs adversaires autant qu'à eux ? Si jamais la victoire pouvait se rendre, — non pas aimable, ce serait beaucoup demander, mais supportable pour les vaincus, est-ce chez les prussiens qu'elle irait prendre leçon ?

Un incident. — Deux femmes ont été aperçues pénétrant dans les Champs-Elysées par l'angle de la place de la Concorde, deux femmes qu'aucun homme n'accompagnait et qui n'allaient ni d'un pas rapide ni à un but bien déterminé.

Ne savent-elles pas que par leur présence elles insultent au sentiment public? A perte de vue, dans la promenade, on ne découvre pas un cotillon. Pourtant combien de ménagères. de mères de famille, de personnes ayant quelque devoir à remplir pourraient passer par là! Mais elles croiraient manquer à la pudeur, à l'honneur. Que signifie donc cette bravade?

Des femmes honnêtes ou d'honnêtes femmes agir ainsi? Quelle absurdité! Seraient-ce des prostituées de bas étage? Non, à en juger par l'allure et la toilette, qui dénotent quelque recherche.

Au reste, telles filles des rues, si bas qu'elles soient tombées, sont du peuple. Dans leur ruisseau, peut-être ne rougiraient-elles de rien pour les mœurs ; elles auraient honte ici d'un acte qui révolterait la conscience populaire. A chacune comme à chacun, son amour-propre, n'est-ce pas ; son genre d'honneur. aussi. Ce que nous appelons l'illogisme féminin a sa logique, et l'abjection garde tant qu'elle peut des prétentions à la dignité. Si misérable qu'on soit, ne prétend-on pas toujours être « comme les autres? » D'autre façon, voilà tout.

— « Manger de ce pain là? » Jamais! — A ses propres yeux et aux yeux d'autrui, si l'on peut, on aurait plutôt ambition de se rehausser, de rivaliser les unes avec les autres. Car des crises semblables excitent et rapprochent tout le monde, et tout s'efface devant le malheur, devant le devoir public. Les prostituées, s'il s'en trouvait ici, seraient les premières peut-être à remettre dans l'ordre ces deux femmes qui font scandale. Les moyens seraient vifs et probablement peu pacifiques. Mais « cela ne traînerait pas longtemps. »

Seraient-ce donc des femmes d'origine étrangère, ou ayant vécu hors de France, des clientes ou des protégées d'allemands? Jouent-elles un rôle payé d'avance, ou s'accommoderaient-elles de partager le butin des vainqueurs? S'agit-il de compromettre les parisiennes, de salir la population récalcitrante, de fausser le caractère de cette journée historique par des incidents qu'on ne manquerait pas d'exploiter partout?

On peut soupçonner tout, mais que sait-on? Et qu'importe? La venue de ces femmes, les suppositions qu'elle autorise et le spectacle odieux qu'on redoute, provoquent une indicible indignation parmi les témoins français, qui voient et qui devinent de loin. Quelques sifflets et quelques huées partent des groupes réunis derrière la ligne frontière. Mais déjà les deux femmes ont avancé. Mieux vaut ne pas grossir l'incident et ne pas marquer l'importance qu'on y attache en appelant l'attention de l'ennemi.

Se croyant maîtresses maintenant de braver des animosités hors de portée et comptant en tout cas provoquer l'intervention des Allemands, les voilà qui raillent et rient tout haut. Mais la scène va se compliquer.

Quelques gamins se sont glissés les uns après les autres en territoire prussien, se rapprochant insensiblement, sans but commun apparent. Ils ont l'air de flâner, regardant de-ci de-là avec indifférence. Deux ou trois passants, vêtus comme des personnes aisées, de maintien et de physionomie graves, se sont trouvés à point sur le passage des deux femmes. Ils leur adressent quelques mots à demi-voix avec des gestes sobres mais significatifs. Elles ont haussé les épaules en ricanant et continuent de cheminer vers des groupes d'officiers allemands.

Tout à coup les gamins, s'étant rencontrés avec les deux intervenants et leur ayant fait des signes d'ailleurs très discrets, se mettent à tourner autour des deux femmes, leur coupant la route, les gênant, les frôlant à chaque pas, chantonnant, sifflotant, sautant l'un sur l'autre, lançant des quolibets. Mais comment s'inquiéter de ces moucherons, étant si près des lions prussiens? Les dames s'irritent, élèvent la voix, et par leurs gestes, font appel manifeste à l'intervention allemande.

Se jugeant poussés à bout, les gamins accentuent la tactique et l'action. Gambadant, se bousculant, se prenant par la main pour se quitter, se ressaisir et s'entraîner, ils font une ronde de vitesse croissante autour des dames. Ils marchent sur leurs robes; ils se heurtent à elles. Furieuses, elles frappent. Mais la ronde se resserre, se précipite et les fait dévier malgré elles.

Au bord du trottoir, près de l'ancienne station de voitures, dans un coin dérobé aux regards, le groupe arrive ou dérive en s'agitant. Une des dames trébuche et tombe près du ruisseau : en un clin d'œil, elle y glisse et s'y trouve assise ; sa compagne aussi, et aussi trois ou quatre gamins. La bagarre et le fouillis deviennent lamentables. Robes, chapeaux, frisures, linge et le reste sont en aussi piteux état que s'il y avait eu bataille dans l'eau boueuse. Les gamins s'agrippant, se tirant, se poussant avec obstination, les chutes se reproduisent coup sur coup. Les toilettes sont en loques ; et les intéressées, parvenant enfin à se dégager, s'enfuient non pas certes du côté prussien mais de l'autre, où un parfait concert de huées les accueille et où elles sont reconduites de manière aussi peu satisfaisante pour leur tranquillité que pour leur amour-propre, s'il en était resté.

Les Messieurs qui avaient suivi les péripéties du drame sans trouver motif d'y prendre un rôle actif, s'étaient impassiblement remis en marche. Quant aux allemands il faut croire que les choses avaient été trop promptes et les actes trop improvisés, pour qu'ils en saisissent d'abord le caractère, les causes et les effets exacts.

Après, il était trop tard. On ne pouvait plus que faire, comme si l'on n'avait rien vu, sauf à méditer sur les relations scientifiques, historiques et philosophiques de ces incidents avec la gloire prussienne.

Ils ne s'étaient donc pas encore départis de leur attitude imposante et de leur air de réflexion froide, que déjà les deux Dames, les deux Messieurs et la volée de gamins avaient disparu de leur sphère d'action, hors des atteintes de leur hégémonie.

Certes, l'avertissement était inutile pour les femmes françaises. Mais la leçon était édifiante pour les personnes qui, étant à Paris et n'étant pas françaises, pouvaient être tentées de manquer de tact ou d'égards pour les vaincus en face des vainqueurs. Les dames principalement ont un goût médiocre pour les scandales qui enlaidissent, les accidents qui ridiculisent et les exercices qui salissent.

En d'autres circonstances, la police faite et la morale servie par des gamins eussent pu sembler abusives : mais si l'on eût songé à rire, les Prussiens auraient-ils eu les rieurs pour eux ? Et s'ils avaient compté sur le prestige de leurs personnes, sur l'aspect et l'accueil agréables du beau sexe auquel ils avaient d'ailleurs infligé récemment les douceurs du bombardement comme à de simples soldats, quelle désillusion !

De quelque ennui pouvait être aussi pour les triomphateurs, s'ils gardaient quelque discernement, la curiosité tranquille et gouailleuse de ces incorrigibles gamins de Paris, les seuls représentants de la population qui fussent venus considérer les corps de troupes ou plutôt, comme ils disaient irrévérencieusement « les têtes de ces gens-là », soit à leur entrée dans Paris soit dans leurs haltes sur des voies publiques.

Pis que des moucherons, avouons-le ; de vrais moustiques, alertes, insaisissables, voltigeant et guettant sans cesse.

Il faut les voir suivant les soldats et même, ô indiscipline ! les officiers ; se réglant sur leur démarche, pas toujours légère, évidemment ; observant ces mouvements à secousses et ces saluts à ressorts, ces gestes saccadés, à détente brusque, cette raideur de maintien, ce port de tête, ces airs arrogants chez les supérieurs, humiliés ou alourdis chez les inférieurs, cette organisation longuement perfectionnée et cette domination brutale qui donnent à ces soldats en plein succès un air de passivité presque servile et à l'armée le caractère d'une immense machine qui vaut ce que valent ses mécaniciens. Certes, l'antithèse est frappante au regard de nos concitoyens, toujours portés à l'excès de critique, possédés d'un besoin d'indépendance et d'une spontanéité d'action qui semblent si souvent les rendre ingouvernables quand ils n'ont pas des chefs à cerveau et à cœur puissants.

Des enfants à peine haut comme le ceinturon de ces hommes à forte carrure viennent se planter devant eux avec les apparences de convenance, mais avec quel indéfinissable mélange de colère et de sang-froid, de sérieuse réflexion et de pénétration moqueuse ! Qu'ils examinent donc, qu'ils songent et qu'ils sachent se souvenir. L'imagination ne nuit à la mémoire que chez les êtres sans volonté. Qui sait ce qui s'amasse en ces âmes d'enfants ? A coup sûr, ce n'est pas la peur.

Voyez-les en observation devant les guerriers casqués, armés de la pipe aussi volontiers que du sabre ou de la lance et paraissant penser parce qu'ils ne se disent rien les uns aux autres, ou s'occupant solennellement à des soins aussi minutieux qu'insignifiants. A côté d'un gamin ne manque pas de se poster un autre, puis deux, puis trois au besoin et davantage, selon l'intérêt du spectacle.

Ecoutez ces appréciations brèves, échangées sur les personnes et sur les choses d'un ton irréprochable, mais avec les plus irrespectueuses hardiesses de constatation, de comparaison et de juge ment : cela, dans un langage très français, mais presque incompréhensible pour des étrangers qui ne peuvent guère en tout cas paraître avoir compris.

Comment saisir au vol et serrer de près ces expressions si variées, ces images de nuances multiples, ces allusions ténues, ces demi-mots et ces doubles-sens, ces intonations et ces accentuations où l'on met quand il faut toute la valeur des termes ; enfin, cet art dont on se fait un jeu chez nous, l'art de tout dire sans en avoir l'air ? Ainsi maniées, la langue et la conversation françaises, d'un fil si léger et si fin, si résistant et si souple, ne sont-elles pas comme ces étoffes dont le dessin, même enfermé dans la trame ou tissé à l'envers, est à la fois lumineux et transparent, changeant et net ?

Enfants comme adultes, sous des formes diverses, ce qui frappe le plus l'observateur français, non sans quelque retour sur son propre sort par manière de consolation ou par entêtement de fierté, — c'est cette écrasante subordination qui pèse sur l'homme dans l'organisme prussien absorbant désormais l'Allemagne. C'est cette hiérarchie de la conquête, qui domine tout, à part quelques maîtres, ou plutôt à commencer par les maîtres. Car tout gouvernement subit fatalement l'effet des principes qu'il impose et des traditions qu'il exploite.

Empereur, rois et princes, — généraux, caporaux et simples fusiliers, du haut en bas de l'échelle, leurs titres et leur loi, leur évangile et leur Dieu, c'est la force, — un Dieu plus changeant que ne l'est l'esprit français.

Alors dans le sens de l'égalité, dans le sentiment de liberté, les pauvres français puisent je ne sais quelle puissance de protestation et de résolution durable.

— « Vous êtes en ce moment les plus forts », disaient des gens de la banlieue de Paris aux soldats allemands qui occupaient leurs maisons, « mais tout vaincus qu'ils sont, nos hommes sont des hommes : ils ne sont pas battus par leurs chefs, et vous l'êtes. Y a-t-il de quoi être si fiers et si contents ? Nous sommes des citoyens libres, après tout, et si l'on sait se gouverner en liberté après l'apprentissage et après tant d'épreuves, on reprendra sa place. De la gloire, nous en avons eu, et plus que vous. Vous y passez, c'est bon. Vous passerez peut-être par ailleurs, un jour ou l'autre. A chacun son tour ». —

Et les allemands hochaient la tête.

Que leurs chefs les mettent en contact avec nos citoyens. Peut-être remporteront-ils chez eux, avec leurs lauriers et avec notre argent, des idées et des besoins dont eux, l'Empire et l'Allemagne ressentiront les effets. A chacun son tour !

2 Mars.

9 heures 1/2 du matin. — Au bas des Champs-Elysées.

Des escouades allemandes descendent l'avenue. Des soldats arrêtés s'occupent à mettre leur tenue en ordre. Sur les bancs, sur les planches des boutiques de jouets, ils roulent leurs manteaux, rangent leur fourniment, brossent, frottent et nettoient. Scène insignifiante et menu tableau de campement, qui gravent en nous cette image ineffaçable : les Prussiens maîtres à Paris.

Maîtres des Parisiens ? — C'est douteux. Et d'abord, on ne découvre guère plus de Français qu'hier dans l'étendue de la promenade et sur la place. Quelques passants, qui examinent. D'autres, affairés, montrent assez, par leur attitude et leur allure, qu'ils ne sont là ni par docilité ni par satisfaction personnelle. En voici qui marchent précipitamment, suivant les contre-allées, sans tourner la tête. On sent qu'ils ne veulent pas regarder l'ennemi.

Les officiers se promènent sur les trottoirs d'asphalte, toujours en faisant sonner leurs sabres et leurs éperons. Mais pas de façons provocantes. Un air d'orgueil et de contentement froid. Ils se saluent les uns les autres avec une rigueur parfaite, les doigts repliés et portés à la visière.

Quelques voitures passent, contenant encore des officiers ; de vieilles calèches conduites par des soldats. Elles vont à la place de la Concorde.

Beaucoup d'hommes, devant le Palais de l'Industrie. Un poste à l'Elysée. Les soldats appuyés au mur, regardent à travers les grilles dans l'intérieur du jardin. A quelque distance de la rue du Faubourg-Saint-Honoré, un poste de Bavarois. Ce sont les sentinelles-frontière. Elles ne laissent passer aucun soldat, aucun de leurs officiers au-delà du point fixé.

En face, à vingt mètres de distance environ, les sentinelles françaises, soldats de ligne, assez rapprochés les uns des autres et barrant l'entrée de la place Beauvau.

La population civile, c'est-à-dire les Français, peuvent passer librement. Manière pour eux de manifester en ne passant pas. Une haie de gens du quartier, postés derrière nos uniformes, observent ce qui se passe du côté Prussien. On parle peu. Mais ce qui se dit ne témoigne ni crainte, ni admiration pour les vainqueurs auxquels on fait vis-à-vis. Un peu d'ironie même à leur adresse ; car ils ne peuvent s'avancer chez nous et nous pénétrons chez eux. C'est eux plutôt qui semblent enfermés ; en quarantaine.

Dans la cour du ministère de l'intérieur, un demi-bataillon de ligne environ. On va relever le poste. C'est comme une petite garnison, une petite place en face de l'ennemi. Nos soldats regardent les autres. Pas de gestes, pas de cris, pas d'animation passionnée, pas d'expressions violentes. Une sorte de mélancolie sans trouble.

D'humiliation, pas l'apparence. Je ne vois nulle part trace de ce sentiment, pas plus parmi les civils que chez les militaires.

Dans la journée, j'ai à franchir encore les Champs-Elysées.

Les escouades y sont assez nombreuses ainsi que sur la place, venant ou repartant. Tous les soldats ont le casque — (casque à pointe prussien, casque à cimier bavarois). — ou le béret, la casquette de laine sans visière. Voici des cavaliers également casqués.

En somme, uniformes sombres et peu élégants.

Je distingue les chasseurs coiffés du schako, avec visière devant et derrière abritant les yeux et le cou et avec une sorte de cocarde en haut.

Une compagnie — (les compagnies sont nombreuses) défile avec ses fusils. L'aspect d'ensemble, le costume, le port et la forme même des armes rappellent les anciens arquebusiers allemands. J'entends des passants qui expriment à demi-voix et comme se parlant à eux-mêmes cette idée, tant elle les frappe.

Autres soldats, munis seulement du sabre, à tunique bleue, à tunique verte ; hussards bleus à ornements et brandebourgs blancs : officiers bleus, verts, à casquettes vertes et blanches ou blanches et bleues. Infirmiers et brancardiers, portant le brassard à croix rouge avec l'uniforme militaire.

Encore des voitures menant des officiers. Puis des groupes d'officiers ; des généraux, reconnaissables seulement aux fausses épaulettes en métal et aux étoiles, avec casquettes à visières de cuir et à bande rouge, ou avec casques. Il en est de fort bien vêtus, bien que sans ornements. Certains se distinguent par une torsade d'argent entourant l'épaule et la taille, avec de larges glands.

Passe sur la chaussée, en fumant son cigare, un homme de belle taille et de physionomie imposante, accompagné d'un général et inostensiblement suivi d'officiers à quelque distance. Il est vêtu d'un costume fort soigné bien que simple en apparence, de couleur grenat, si je ne me trompe. — Un haut personnage, si j'en juge à la mine, à l'allure, et par la façon dont il est salué.

Plus d'un prince, sans doute, est dans ces parages. Et que nous importe ? Ne sont-ils pas soldats prussiens ?

Les escouades qui parviennent à la place de la Concorde s'arrêtent d'abord devant l'obélisque, qu'elles considèrent avec attention et étonnement. Les dessins gravés et dorés des soubassements attirent surtout les regards. On stationne beaucoup aussi devant les fontaines et les personnages de bronze qui les décorent. Mais c'est la statue de Strasbourg qui a tous les honneurs de la curiosité allemande. Il y a foule en ce coin de la place.

Les soldats s'approchent, se pressent, examinent les emblèmes et les couronnes, lisent ou se font lire les inscriptions qu'elles portent, les devises et les témoignages fixés çà et là. Ils paraissent surpris mais ne manifestent ni colère, ni mépris, pas plus que de sympathie. Il manifestent généralement si peu !

Beaucoup cependant se mettent à causer entre eux, se montrant la statue, les drapeaux, les fleurs et le reste. J'en aperçois qui se retournent en riant. Mais le rire est rare. La majorité reste impassible et n'en pense peut-être pas plus.

Quant aux officiers, ils ne montrent pas goût à s'arrêter là. Est-ce parce que les soldats y abondent ? Serait-ce que ce spectacle les offusque, ou que des instructions spéciales ont été données ? J'observe certains de ces messieurs qui font mouvement tournant et s'avancent derrière la balustrade de pierre ou à quelque distance sur la chaussée, de façon à voir sans affectation et sans préméditation marquée. Malgré tout, ils regardent. Plusieurs sourient, se font quelques gestes et échangent quelques mots. Du moins observe-t-on quelque réserve, de la retenue et quelque chose comme un semblant d'égards. Peut-être ont-ils des ordres ; et beaucoup pouvant être des hommes instruits, pourquoi n'éprouveraient-ils pas quelque respect intime, involontaire, pour les sentiments qui ont inspiré cette protestation muette et provoqué ces ardentes manifestations de patriotisme ?

Dans ce culte rendu par Paris combattant et même succombant à Strasbourg, qui a combattu et succombé pour la patrie à laquelle il est arraché, il y a tant de grandeur touchante, de dignité désespérée, de reconnaissance attendrie, que le cœur le plus indifférent se serrerait.

Et n'aperçoit-on point, à quelque pas de là, derrière la barricade de la rue de Rivoli, les gens qui se pressent, silencieux, sombres, gardant des yeux la chère image dans laquelle ils ont honoré l'attachement et l'abnégation des frères de là-bas. C'est avec un mélange de colère et d'anxiété qu'ils cherchent sur les visages des vainqueurs l'impression que produit la vue de la victime.

Ce qu'ils éprouvent, ils l'ont assez montré voici quelques heures, et un frisson a saisi les témoins de cette scène.

C'était sur le quai, au guichet du Carrousel. Le bruit venait de se répandre que les Prussiens avaient stipulé la faculté pour eux de pénétrer dans le Louvre. Sans armes, paraît-il. Vraiment ? En amis, alors, ou par pur dilettantisme ? Pourquoi pas se pavaner et s'ébattre dans les théâtres et les bals publics, — s'ils étaient ouverts, — pour terminer la fête par quelque pas de danse guerrière ou autre ?

Guerre et plaisir : arts et sang. Jouir de la vue de nos musées en laissant les fusils au vestiaire. Quel raffinement de civilisation et de poésie ! Veulent-ils aussi s'offrir la jouissance de traverser le palais des Tuileries où trônait Napoléon III ? Réclamera-t-on son lit pour y coucher ? Et sont-ce les souvenirs de Blücher qui hantent ses petits-neveux ?

Voilà les propos qui courent dans la foule. « On va bien voir », et les gens s'élancent aux grilles hautes qui ferment le Carrousel, saisissant les barreaux et y collant leur visage. Des cris retentissent. Les poings se crispent. Les plus alertes grimpent à la grille au dessus des têtes. Une clameur s'élève : Dehors ! Dehors ! A bas ! A bas !

On a aperçu des Prussiens : on les voit ou l'on croit les voir en armes. Il semble qu'un vent de colère passe sur ce flot de têtes. Quelques instants s'écoulent dans une poignante émotion. Puis un sourd murmure : « ils s'en vont. » Avaient-ils manqué aux conditions? Ils sont rappelés. On les chasse. « Dehors ! à bas ! » Et un long frémissement court la foule.

Ce n'était qu'une violente alerte. Elle a montré, comme dans un éclair, la profondeur des haines que la guerre a faites et qu'une paix cruelle ne détruira pas.

L'Étranger qui, dans notre caractère national, prend volontiers promptitude pour synonyme de légèreté, et la passion comme signe de versatilité, peut-il sérieusement croire les français oublieux? Qu'il constate si Jeanne d'Arc est en oubli ; qu'il demande dans le moindre hameau de certaines provinces ce que l'on pense des Anglais en souvenir de la guerre de cent ans !

Pour faire de l'irréparable, hélas ! il ne faut qu'un instant. Certains genres d'hommes sont plus sensibles pour leur fierté que pour leur intérêt ; ils pardonnent plus volontiers la souffrance que l'humiliation subie.

En réalité, de ces parisiens ou de ces soldats enserrés dans la grande ville, enfermés dans un cercle de répulsion furieuse, lesquels semblent le plus prisonniers ?

Pourquoi donc être entrés ?

Est-ce pour nous donner ou pour prendre une leçon d'histoire sur cette place de la Concorde? Car n'y reviennent-ils pas sans cesse, comme les français, par une sorte d'obsession ou de fascination, à cette place grandiose qu'encadre jusqu'à l'horizon l'admirable décor des monuments de Paris? Au-dessus des groupes d'hommes quelconques qui se meuvent là, où vont donc invinciblement les yeux et la pensée, sinon à cette figure de pierre, à Strasbourg, pour se reporter aux autres statues ses sœurs et revenir encore à elle? Et pourquoi semblent-elles toutes se faire cortège, sinon pour garder l'histoire, l'honneur, les espérances du Pays ?

De cette place, au moins pour quelques heures, l'envahisseur a eu le caprice de faire sa place d'armes. Y a-t-il paru plus grand, ou au contraire amoindri et comme effacé ? Que font ces escouades éparses sur le sol, sinon opposition et ombre à l'autel de la Patrie qui se détache en pleine lumière, et aux effigies des vieilles provinces de France plus que jamais unies ?

Pour tous ces assiégés et ces combattants d'hier, pour ces femmes et ces enfants enfiévrés, malgré la défaillance de nos armes, c'est bien l'âme de la Nation qui apparaît plus que jamais vivace, sous ces formes artistiques, avec cette netteté d'idées, cette puissance d'expression, ce besoin d'associer le bien au beau, ce don de généralisation, cet idéalisme à la fois abstrait et passionné qui caractérisent notre race. Et n'est-ce pas là sa force durable, malgré le danger de ses entraînements, malgré les fluctuations de sa destinée au milieu de peuples plus positifs et plus égoïstes?

Puisque les Allemands prétendent apprécier tant la philosophie de l'histoire, après avoir suffisamment étudié les hiéroglyphes de l'obélisque et les personnages symboliques des fontaines voisines, qu'ils traduisent à leur propre usage ce qu'enseigne cette place même, qui avait été dédiée à Louis XV et sur laquelle a été décapitée la Royauté; qui a été consacrée à la Révolution, et dans laquelle ont succombé les uns après les autres tous les anciens régimes; que Napoléon Ier a traversée en revenant de Berlin, et que parcourent en ce moment les gens du roi de Prusse; qui voit s'inaugurer l'Empire des Hohenzollern sur les ruines de l'Empire des Bonaparte.

Et quel seul nom a pu garder cette place? — Place de la Concorde.

Les Césars germains peuvent-ils raisonnablement espérer plus de gloire et de génie que n'en ont eu les conquérants français? Que sont devenues cependant ces puissances, et que gagne-t-on en dernier terme à méconnaître le droit des peuples? Pas plus que les lois de la raison, les lois de la morale ne se laissent violer. De façon ou d'autre, ne faut-il pas qu'elles s'appliquent? Qui sème le mal récolte la fatalité.

Pour faire tête à la coalition des monarchies, la France de la Révolution avait dû se soumettre au régime militaire. Malgré elle, pour se défendre, elle s'est faite envahissante. Elle a cruellement expié. L'édifice tudesque se fonde dans le sang. Mauvaises fondations. La violence est maudite. Qui en vit, en meurt.

Puisqu'on ne peut, dans les temps modernes, exterminer une nation, ne faudrait-il pas la laisser vivre et se rendre à soi-même la vie supportable avec elle? Le moindre ennemi peut devenir mortel. La rancune française est-elle à dédaigner? Il n'est de victoires durables, à vrai dire, que celles qui deviennent utiles au vaincu, parce qu'alors il s'en accommode. Sinon, comment l'occasion ne lui viendrait-elle pas tôt ou tard de se venger?

Etrange système de forcer un rival à se corriger de ses faiblesses, de lui rendre toute réconciliation impossible et de l'astreindre aux pensées de revanche ! Faire aux gens une blessure qui ne les tuera pas mais qui les contraint à veiller, qui leur imposera le stimulant de la souffrance morale sans les jeter dans l'impuissance physique, les condamner à se souvenir au lieu de les aider à oublier, quelle stratégie profonde !

Oui, la force détruit ses propres œuvres. L'Allemagne saura un jour ce que lui coûte le succès de ces prétendus grands allemands qui ne sont pas de vrais grands hommes, puisqu'ils ne savent pas associer le bien des autres peuples aux intérêts du leur.

Notre formation, notre émancipation nationale s'est faite avec quel dégagement de lumière et de chaleur pour les autres peuples ! Ce ne sont pas les appétits du Français, ce sont les droits de l'homme que la France a consacrés par tant d'efforts. Quelle idée, quel bienfait apporte au monde la naissance de l'Empire allemand ?

Et pour garder les résultats de cette guerre, ne faudra-t-il pas se tenir constamment en armes ? Toute l'Europe paiera donc aussi le mal qu'elle nous a laissé faire. Au lieu de se réaliser dans la paix, par prospérité commune, la solidarité internationale se manifestera par la souffrance et dans l'état de haine. Voilà les conceptions triomphantes de la haute politique.

Cette entrée à Paris, ces atroces conditions de paix, c'est à Berlin qu'on devrait peut-être s'en attrister le plus. Qui fait le mal se fait du mal.

Tel est, sous toutes les formes, le fond des réflexions auxquelles s'abandonnent les pauvres parisiens qui ont souffert pour la France entière, les pauvres Français de la génération présente qui souffrent pour les fautes du passé et le relèvement à venir.

Et maintenant, les autres vont sortir de Paris. Car on a fait vite, paraît-il. L'Assemblée Nationale se prononce pour la paix.

Demain, il faudra évacuer ce Paris, où l'on a pu à peine faire prendre l'air à quelques troupes ; il faudra s'en aller comme on est venu, sous la conduite des gamins, ayant pour tout résultat accentué aux yeux des Français et pour l'édification de l'Europe des réalités qui ne s'oublieront pas, des vérités qui trouveront un jour ou l'autre l'heure de leur démonstration positive.

Louis HERBETTE.